보고 싶은 오빠

보고 싶은 오빠

김 언 희 시 집

창비

차 례

제3부 ___

제1부

회전축

23도26분21초4119

지구의 기울기는
발기한

음경의, 기울기

이 기울기를
회전축으로
지구는

자전한다

보고 싶은 오빠

1

난 개하고 살아, 오빠, 터럭 한올 없는 개, 저 번들번들한
개하고, 십년도 넘었어, 난 저 개가 신기해, 오빠, 지칠 줄
모르고 개가 되는 저 개가, 오빠, 지칠 줄 모르고 내가 되는
나도

2

기억나, 오빠? 술만 마시면 라이터 불로 내 거웃을 태워
먹었던 거? 정말로 개새끼였어, 오빤, 그래도 우린 짬만 나
면 엉기곤 했지, 줄 풀린 투견처럼, 급소로 급소를 물고 늘
어지곤 했었지, 사랑은 지옥에서 온 개라니, 뭐니, 헛소리를
해대면서

3

꿈에, 오빠, 누가 머리 없는 아이를 안겨주었어, 끊어질듯
이 울어대는 아이를, 머리도 없이 우는 아이를 내 품에, 오
빠, 죽는 꿈일까…… 우린 해골이 될 틈도 없겠지, 오빠, 냄
새를 풍겨댈 틈도, 썩어볼 틈도 없겠지, 한번은 웃어보고 싶

었는데, 이빨을 몽땅 드러낸 저 웃음 말야

4

여긴 조용해, 오빠, 찍소리 없이 아침이 오고, 찍소리 없이 저녁이 오고, 찍소리 없이 섹스들을 해, 찍소리도 없이 꿔야 할 꿈들을 꿔, 배꼽 앞에 두 손을 공손히 모은 채, 오빠, 우린 공손한 쥐새끼들이 됐나봐, 껍질이 벗겨진 쥐새끼들, 허여멀건, 그래도

5

그래도, 오빠, 내 맘은, 내 마음은 아직 붉어, 변기를 두른 선홍색 시트처럼, 그리고 오빠, 난 시인이 됐어, 혀 달린 비데랄까, 모두들 오줌을 지려, 하느님도 지리실걸, 낭심을 꽉 움켜잡힌 사내처럼, 언제 한번 들러, 오빠, 공짜로 넣어줄게

캐논 인페르노

손에 땀을 쥐고 깨어나는 아침이 있다 손에
벽돌을 쥐고 눈을 뜨는 아침이
있다 피에 젖은
벽돌이 있다 젖은 도끼 빗이 있다 머리 가죽이
벗겨질 때까지 나를 빗질해대는 가차 없는
빗살이 있다 가차 없는 톱니가
있다 옆집 개를 톱질하고 온
전기톱이 전기 톱니가 있다 무서운
틀니가 있다 죽은 사람의 틀니를 끼고
씩 웃어보는 자정이
있다 똥을 지리도록 음란한 자정이 있다 음란하기
짝이 없는 목구멍이 있다 괄약근 없는
식도(食道)가 있다 대대로
물려받은 음탕한
괄호가 있다 그 괄호를 납땜하는 새파란 불꽃이
있다 *내 배때기를 푸욱 찔러라 찔러*
이 방 저 방 따라다니는 노모의
칼끝이 있다 밤새도록

콕콕콕 찍히는 마룻바닥이 있다 뒤통수가
있다 발이 푹푹 빠지는 거울이
발이 쩍쩍 들러붙는
역청의 거울이 있다 거울 속에 시커먼 똬리가 있다 *당신
은 뱀에 감긴 사람이야 친친 감긴 채*
살아 당신만 몰라 모르는 사람이
있다 모르는 손이
모르는 벽돌을 쥐고 진종일 떠는
하루가 있다 입에 담을 수 없는 곳에서
입에 담을 수 없는 것이 되어 눈을 뜨는 하루가
있다 내 혀가 뭘 핥게 될지 두려운 곳에서
내 두 손이 뭔 짓을
하게 될지
생각조차 할 수 없는 곳에서

뭐, 홍해라는 이름의

어디로 가도 홍해가
나온다

알아서
좌악
갈라져주는 전자동 개폐식 홍해

북 콘서트에 나와 앉은 나도 홍해다
홍해라는 이름의
뭐

당신이
마늘도 없이 내 간과 심장을 먹어치우는 동안

목젖에서 사타구니까지 좍

갈라져
있다

르 흘레 드 랑트르꼬뜨

　나는 모든 것이 흘레이면서 흘레가 아닌 흘레의 나라에서 왔어요 빨기 위해 생니를 몽땅 뽑은 어린 창녀의 입속 같은 곳에서요 *나라 전체가 음란한 유치원인 곳에서요 나무랄 데 없는 시체들의 재롱**을 실컷 보다 왔어요 입덧과 동시에 구더기를 토하다 왔어요 나는 머리도 내장도 없어진 여자의 사인(死因)이 자해인 나라에서 왔어요 묵살 묵살 묵살이 살인의 한 방식인 곳에서요 길고 긴 묵살의 터널 끝에 몰살이 기다리는 곳에서요 나는 여자의 완성이 얼굴인 나라에서 왔어요 여자의 피부가 신분인 곳에서요 죽는 날까지 내가 여자라는 사실을 잊어서는 안되는 곳에서 왔어요 죽기도 전에 미라 먼저 된 여자들이 제 미라를 창밖으로 내던지는 곳에서요 나는 죽을 틈을 주지 않는 공중파의 나라에서 왔어요 *흰 변기 위에 놓인 채 잊히고 만 황색 시인***들의 나라에서요 빗방울에도 살이 패이는 눈사람의 목소리로 귀여운 물방울의 목소리로 시를 쓰다 왔어요 **르 흘레 드 랑트르꼬뜨** 흘레 앞에도 '르'가 붙는 이 유명한 맛집까지요

* 헤르베르트.
** 타나까와 슌따로오.

말년의 사중주

1
죠스바를 핥다가
동사(凍死)한
여자가
나야

냉동된 나의 일부가 아직도 접시 위에서
녹고 있어

제집에 불을 지르고 뛰어든 여자도⋯⋯ 추웠겠지?

2
내 인생은 이루어질 대로 이루어졌어, 난
값비싼 호박(琥珀) 속의 값비싼
버러지야

이제 나를 핥아주는 건

내 개밖에
없어

3
시는나의국부가리개호피무늬국부가리개나의진정한최
음제진정한제음제진정한살충제 내게

정말 필요한 건 고독도
구원도
아냐

돼지발정제야

그거
없이는 글 한줄 못 써

4
어느날

문득

미쳐서 깨어날 테지 터널처럼 미쳐서

내 두 눈을 내 손으로 파먹게
될 테지 치욕이
나를

뒤집어엎을 때, 두엄더미를 뒤엎는
가래처럼

소리 없이 시작해서 소리 없이 끝난 난도질의 기억이

내 몸이 살인의 현장이었던
살인의 추억이 예리한
가래처럼

내 등짝을 꿰고 나올 때

개양귀비

빨간 머리를 흔들어대는구나 공원의 개양귀비여
시커먼 털이 우북한 개양귀비 눈들이여
눈두덩이 불두덩이라도 된다는 듯이
안구가 질구라도 된다는 듯이
속눈썹을 쏠어올린 개양귀비 축축한 눈들이여
비상구가 바로 여기라고 비상등처럼 점멸하는 눈들이여

"나의 눈은 천개의 성기로 찢겨져 떠돌아다녀라"

고래고래 노래한 건 당신이었지, 요시마스[*]

* 요시마스 코오조오.

비희도(祕戲圖)

새끼 한마리를 키워내기 위해 사자는
평균 삼천번의 교미를 한다

뒷고기집 바람벽에 덜 뜯긴 선거용 포스터가 여태
나붙어 있다 육개월간 교미 자세를 유지하는
개구리도 있긴 하지만

볼펜이나 빨대를 물고서 완성했을 저 살신
성인의 미소로 얼굴의 가랑이를
쩌억 벌어뜨린 채

자세를 유지하고 있다는 것은

살겠다고 아아 살겠다고 삼십년간 교미 자세를
유지하고 있는 나는 살아
보겠다고 당신과

삼십년간

보험성 교미 자세를 견지하고 있는 나는
탔는지 깔렸는지 헷갈리는

삼십년을

삶은 돼지머리처럼
주둥이로 나무젓가락을 악물고서 저 미소
대가리가 잘려야 완성되는 저 미소
죽어야 완성되는 저 미소
를

띤 채

나보다 오래

발톱을 깎는다, 나는
동물
발톱이 있고

한번도 써먹어보지 못한 발톱이 있고

내 발가락에서 길어 나오지만
말이 통하지 않는
발톱이 있고

죽은 다음에도 길어 나올 발톱이 있고

동물, 그밖에 나는 아무것도 아니지만
동물은 나보다 오래
살 것만 같아

더이상 발톱을 깎아주지 못하게 된 다음에도, 동물은

텅 빈 집에서 저 혼자

발꿈치의 각질을
뜯어 먹으며
나 없이

나보다
오래

여기

밥상 한가운데로 시커먼 도랑이 흐르는 여기, 더운 김이 훅훅 끼치는 여기, 냉장고 아래 죽은 쥐가 넝쿨을 틔우는 여기, 이불 속 당신과 나 사이에 차디찬 주검이 누워 있는 여기, 언제까지나 누워 있을 여기, 홑이불 아래 죽은 입이 캄캄하게 벌어져가는 여기, 내가 언제나 흉기로 발견되는 여기, 언제 어디서 내가 살인자였던가를 증언하는 입, 혀 떨어진 저 입이 바로 내 입인 여기, 애도가 매도인 여기, 이 푹신푹신한 매립지, 산 것들로 매립된 내 발밑의 이 매립지, 제3회 세계곱창축제 커다란 현수막이 너풀거리는 여기, 죽어서 사람이 된 짐승들이 즐기면서 발광하는 여기, 다리도 머리도 없는 그림자를 투망처럼 끌고 다니는 여기, 개처럼 혓바닥으로 숨을 쉬어야 하는 여기, 어느 누구도 바닥이라고 믿지 않는 여기, 앉은 자리에서 죽도록 굴러떨어지고 있는 여기, 더 굴러떨어지고 싶은 여기, 추락이 쾌락인 여기, 면도날 같은 햇빛이 망막을 긋고 가는 여기, 이제는 속여야 할 과거도 없는 여기, 누군가가 태어나려면 누군가가 죽어야 하는 여기, 죽어야 한다면 바로 내가 죽어야 하는 여기,

시간은 남는다

시간은 남는다 개 같은
고객들을
피가 나도록 사랑하고도 남는다 폭죽
십만발이 터진 다음에도 시간은
남는다 백만명이 말춤을
백만번씩 추고도
남는다 시간은 남는다
골백번 헹궈 쓰는 음호 같은 구호들을
골백번 제창하고도 남는다 우설(牛舌) 수육 대짜배기를
죽은 소의 더 죽은 혓바닥을 우적우적
씹어젖히고도 남는다 시간은
남는다 운석인 줄 모르고 맞은 뒤통수들이
맥주 캔처럼 우그러진 다음에도 남는다
폭죽 십만발이 터지고도 인광(燐光)
폭죽 십만발 골분(骨粉) 폭죽
십만발이 터지고도
남는다
시간은 남는다

찌라시

부드럽게
천천히
죽여드립니다

고객님께서 충분히 즐기실 수 있도록

죽여도 죽여도 되살아나는 사모님을 보시며
느긋하게 즐기십시오
꿈이니까요

밤마다 다른 사람을 죽여드리거나
같은 사람을 밤마다 없애드릴 수도 있습니다
이십년간 한사람만 죽이고 계신 고객도 있으십니다

쳐 죽일 시간을 주지도 않고
죽어버린 인간도
고쳐 죽일 수 있게 해드립니다 손수

번번이 틀린 손가락질로 틀린 낯가죽을 벗기시는
고객님 아닌 낯가죽을 받아들고 발을
동동 구르시지만

오늘밤만 밤입니까 당연히

본인을 없애드릴 수도 있습니다 원하시면 깨끗하게
손질도 해드립니다 노르웨이산(産)
고등어처럼

머리를 자르고 내장을 긁어내고 뼈를 발라드립니다
기억과 내장이 사라지는 산뜻함을
만끽하시도록

천천히
부드럽게
난도질해드립니다

이렇게

이렇게 내 독거의 포즈는
완성되는 중이다
대머리를 문지르며 고뇌하는 문어의 제스처로
골 빈 머리통을 가득 채운 게
물컹한 창자라는 사실을
은폐하면서
가랑이 사이에 달린 게 진짜 눈이라는 사실을
이빨 달린 혓바닥을
은폐하면서
제 다리를 씹어대며 고독을 견디는 문어의 제스처로
견뎌야 하는 것이 고독이 아니라
허기라는 사실을 은폐하면서
뼈대 없는 집구석의
뼈대 없는 문어
나는 나를
빨아대고 핥아대고 깨물어대면서
독 속에 모르고 든 문어가
아니라는 듯이 그냥

보통 문어가

아니라는 듯이 각고 중이라는 듯이

뼈를 깎는 중이라는

듯이 깎을 골편

하나 없는 거품 뭉치가

시시각각 벌어져가는 모공을 분화구처럼

벌어져가는 공포의 모공을

은폐하면서 실명(失明)을

은폐하면서

먼눈을

시퍼렇게 두리번거리면서

중천(中天)

달은 내 입속에 뜬다

입천장 높이 떠올라

목구멍에서 똥구멍까지

환하게 달 길을 연다

나를 비추며 나를 들추며

혓바닥 위로 금 즙이

금즙(金汁)이 흐른다

제2부

세상의 모든 아침

이빨을 닦다가, 저기 저, 총총히 골목길 접어드는 사내, 하날 덥석, 문다, 물고서, 한입 담뿍, 물고서, 짙푸른 고무나무, 짙푸른 그늘로, 어슬렁어슬렁, 걸어들어간다, 들어가고 있는 중이다, 엉덩이를 실룩거리며, 관록의, 뱃살을 출렁거리며, 고무나무숲 그늘로, 콩알만 한 불알을, 콧김으로 슬슬 어르며, 콧잔등을 찡긋거리며, 저 울창한 고무나무, 차진 고무 그늘로, 뜨건 혀를 사내의 귓속으로 훅훅, 디밀며,

이모들은 다

이모들은 다 어디로
갔을까

사내들은
입이 보지란다 얘
얼굴에 달려 있는 저게
보지야 깔깔대던
이모들은
다……

사과에 달린 돼지 꼬리
배배 꼬인 나사 자지
창틀에 올라앉아
함께 부르던
노래들은
다……

얘 얘, 저기 저 삼센터 오신다

나뽈레옹 오셔! 아저씨들의
기럭지를 한눈에
알아맞히던
이모들은

이모들은 다 어디로
갔을까

바람 부는 날
빼도 박도 못하는 말벌의 거시기를
오락기 레버처럼
쥐고 흔들던
으아리들은

언니 보지 코 고는 소리에 밤새 잠을
설쳤어! 니 보지 가래 끓는 소린
어떻고! 아침부터
와자하던

큰꽃으아리들은

세컨드 라이프

뭇 입을 거치어
뭇 삶을 거치어 뭇 여래를 거치어
개로 남기로 한 내 원년(元年)의 선택
앞날이 구만리 같은 나의
세컨드 라이프 나의
회생(回生)이여 오늘도
아방가르드한
노친의
핑거 페인팅은 일취월장 중
쓰고 싶은 건 똥으로라도 쓰고
죽는다 우리 집안은
이런 집안
살아 있는 유산균 일억마리를 마리 마리
씹어가며 마시는데 *언니*
나하고
하느니 죽은 개하고 하겠대 저 인간이
백만원이면 된대 왕후 비빈이나
찼다는 북극여우

보지부적

없어서 못 팔아요 보살님

도는 좆에도 있고 도는 씹에도 있습니까, 진짜?

야 야 웃기지 마 여자 나이 오십이면

개 값이야 육십은 죽은

개 값이겠다

죽은 개 값은 얼마나 될까

좁은 산길 휴대폰 귀에 대고 지나쳐가는 사내가

큰 방귀를 기일게 뀌고 간다

말풍선처럼

불멸의 연인들

말린 지
백년이 지나도
갖다 대면
발딱
선대며?

서야
진품이라며?

비아그라 먹인 보신각 개 추렴을 끝내고

삼거리 슈퍼 플라스틱 의자에 나앉아
킬킬거리네 칠순의
해구신들

연애도
3개월
할부

로 하는

해도, 무이자로, 하는 내 연인들

9분은
너무 짧아
11분은 너무 길어
설왕설래하고
있는

내 불멸의
연인들

제자의 일생 1

아니 그건 왜 세우고 계십니까 선생님 이제 와서 그건 왜
또 빼물고 계십니까 선생님 세상을 버리셨다는 선생님 세
상을 엊저녁에 버리셨다는 선생님 저를 모르시겠습니까 선
생님 저를 정말로 못 알아보시겠습니까 이제 와서 무슨 낯
으로 선생님 아니 아니 남의 귀는 왜 빠십니까 다짜고짜 귓
불은 왜 깨물고 난리십니까 선생님 고인(故人)이 되셔 가지
고 죽은 입에서 어째서 침이 분수처럼 솟구치십니까 솟구
쳐 주체를 못하십니까 선생님 선생님 지금 대체 뭐 하시자
는 틀니를 엿가위처럼 쩔걱거리시면서 선생님 불멸의 족적
을 남기신 선생님 이게 무슨 경우십니까 선생님 선생님 삼
가 명복을 비는 체위에 대고 *왜 여기 털이 없지 여기 왜 구
멍이 없어* 걸터듬고 난리십니까 이 몸 저 몸 옮겨다니시면
서 *언제까지도나는屍體이고자하면서屍體이지아니할것인
가**방백은 왜 또 하시는 겁니까

*이상.

제자의 일생 2

어쩌자고 어쩌자고 새삼 젖이 도십니까 선생님 어쩌자고 새삼 젖을 물리십니까 선생님 젖이 뚝뚝 흐르는 젖통을 받쳐들고 선생님 물기에는 너무 큰 젖꼭지를 빨기에는 너무 헌 젖꼭지를 기어이 물리십니까 어버이 어버이 같은 심정으로 입을 찢어가며 물리십니까 선생님 *이 구멍이 아니구나 이 구멍도 아니구나* 구멍도 똑바로 못 찾으시면서 선생님 굳이 귓구멍이 아니면 안되십니까 굳이 귓구멍으로 먹어드려야만 됩니까 선생님 어쩌자고 어쩌자고 달팽이처럼 혀를 둘둘 말아 짊어지시고 가시는 곳마다 침 자국을 남기십니까 같은 포진(疱疹)을 여기저기 옮기십니까 *나 좀 있으면 기저귀 차……* 아무리 어르셔도 선생님 이건 삽입 아니겠습니까 아무도 입에 담지 않는 하지만 이게 삽입이 아니면 대체 뭐가 삽입이라는 선생님 선생님 혀는 왜 또 혁대처럼 뽑으십니까 *둔중한 성기로 매 맞고 싶던*[*] 자는 제가 아닙니다 아닙니다 선생님

[*] 진이정.

지상의 모든 문

······ 아닐까

나는 몸만 여자지 음탕한 남자 아닐까

하이에나 암컷처럼 가짜 음경으로
발기까지 하는 건 아닐까

새끼까지 음경으로 낳다가
번번이 사산(死産)하는 하이에나는 아닐까

먹히는 척하면서 먹고 있는 것은 아닐까
먹히는 것보다 더 빨리 먹고 있는 것은 아닐까

내 시가 키스방에서 파는 키스는 아닐까
입술만 썰어서 파는 건 아닐까

썰어놓은 해삼 같은 입술*만

* 이성복.

도금봉*을 위하여

내 몸에서 나가지 않는 년들이 있다, 잇몸이 근질근질한 년들이, 육징이 나, 육징이 나서 들들들들 전동칫솔로 질 속을 양치해대는 년들이 있다, 산 낙지를 씹어본 지, 산 남자와 자본 지 어언 삼백년이 지났도다, 방백하는 년들이, 혓바닥이 반이나 잘린 년들이 있다, 젖통이에 푸른 지도가 그려진 년들이, 몸뚱이에 이름들이 써 갈겨진 년들이 있다, 이세상에 진짜 여자 같은 건 없어, 진짜 어머니 같은 건 없다고, 진짜! 혀를 차대는 년들이 있다, 살모사 같은 년들이, 물어 죽일 어미를 찾아 헤매는 년들이 있다, 밑이 빠질 것 같은 내 몸에서 나가지 않는 년들이, 내 애인의 애인 같은 년들이, 목젖에 걸린 세상을 가랑이로 삼켜 넘기는 년들이, 있다 진짜 밑은 웃다가 빠지는 거야, 등신! 밑이 골백번 빠진 년들이 있다, 웃다가 죽은 년들이, 우린 젖꼭지 없는 년들이야, 우린 입이 열이라도 모자라, 밑이 열이라도 모자란다고 킬킬대는 년들이 있다, 우린 웃은 죄밖에 없어, 웃어서는 안되는 곳으로 웃은 죄밖에, 너무 흐드러진 죄, 너무 자지러진 죄밖에, 목에 칼이 들어와도 뉘우칠 줄 모르는 년들이 있다, 눈을 내리깔 줄 모르는 년들이, 앉아도 꼭 걸타고 앉는 년

들이,

트이다

오늘 아침

불현듯

입이
트이다

제3의 눈이 트인다는 미간에

제3의 입이
트이다

세로로 길게
째진

입이

트이다

붉은 사각형

왜, 이다지도 가려울까, 없는 불알이, 이다지도 북북, 긁고 싶을까, 북북 북북, 없는 것이, 없는 불알이, 이렇게나 들러붙을까, 쩍쩍, 없으면서, 없으면서 축축하게 땀이 찰까, 있지도 않은 것이, 어째서 이렇게나 흔들거릴까, 육중한 파벽기처럼, 앉으나 서나 흔들거릴까, 있을 리 없는 것이, 있어서는 안되는 것이, 이다지도, 아릴까, 팅팅 불은 젖통처럼, 아려올까, 나도 모르게 손이, 가는 것일까, 어째서 나도 모르게, 쓰다듬고 있는 것일까, 가랑이 사이, 없는 것의 대갈통을,

내일의 일과

대기표를 뽑아 쥐고 여자는 앉아 있을 것이다
오후 네시의 대기실에

오분마다 주인이 바뀌는 개처럼 안절부절

쇠꼬치 같은 통증이 여자를 꿰고 있을 것이다 여자는 통
증에 엉겨붙을 것이다 꼬치에 엉겨붙는
살코기처럼 꼬치가 빠지면
토막토막
흩어질 살점처럼

그녀의 귀가를
쥐 한마리가 기다리고 있을 것이다 눈이 빠지도록

끈끈이에 몸을 말고서, 어서

그녀가 척살해주기를 피빨래처럼 두들겨주기를
핏물이 다 빠질 때까지 홍두깨로

두들겨주기를

저녁이 오면, 여자는

그 홍두깨로
칼국수 반죽을 밀고

『악마의 시』*를 던져 밤 지네를 잡을 것이다

* 살만 루슈디.

안녕들 하시다

오늘도
나의 지저분한 시는
안녕하시다 구질구질한 나의
인맥들도 안녕들 하시고 입가의 물집들도
불두덩의 포진들도 무탈
무탈하시다 당신과
나의 저렴한
연애도
저렴한 체위도 안녕하시고
이불 속의 얼음 발
발목 먼저 당도한
이불 속의
제삼자도
안녕하시다

하면서 하지 않는 경지/지경에 이른

수염발이 허이연

나의 점잖은
음호도

폭서

오이의 숙명적
발광(發狂)은
오이를 불쑥 내어미는 것*

내어민 오이의 포르노적 싸이즈 때문에

허공을 철벽처럼 파고 들어가는
오이순의
굉음

멱을 따놓은 수박은 아무 데로나
굴러가 박살이
나기만을

골통이
퍽퍽 쪼개지기만을 기다리고

문턱엔

벌거벗은

사내가

서 있다 벌거벗은 식칼처럼

* 이상의 시 「차8씨의 출발」에서 차운(次韻).

한점 해봐, 언니

한점 해봐, 언니, 고등어회는 여기가 아니고는 못 먹어, 산 놈도 썩거든, 퍼덩퍼덩 살아 있어도 썩는 게 고등어야, 언니, 살이 깊어 그래, 사람도 그렇더라, 언니, 두 눈을 시퍼렇게 뜨고 있어도 썩는 게 사람이더라, 나도 내 살 썩는 냄새에 미쳐, 언니, 이불 속 내 가랑이 냄새에 미쳐, 마스크 속 내 입 냄새에 아주 미쳐, 언니, 그 냄샐 잊으려고 남의 살에 살을 섞어도 봤어, 이 살 저 살 냄새만 맡아도 살 것 같던 살이 냄새만 맡아도 돌 것 같은 살이 되는 건 금세 금방이더라, 온 김에 맛이나 한번 봐, 봐, 지금 딱 한철이야, 언니, 지금 아님 평생 먹기 힘들어, 왜 그러고 섰어, 언니, 여태 설탕만 먹고 살았어?

제3부

극북(極北)

소리 없이 번개가 희뜩였다. 장막(帳幕) 속에 누군가가

들어서 있었다. 우뚝. 윤곽이 희뜩희뜩 변했다. 말 머

리를 한 여인. 바람이 제 사지를 광목처럼 찢었다. 시

체를 먹는 추운 숲의 여인. *비살희.*[*] 두터운 입술을 말

아 올리며 검은 말 머리가 웃었다. 낙뢰에 지질린 돌

덩이들이 빠드득 이를 갈았다. *비살희.* 누군가가 얼린

고기를 쥐여주었다. 차가운 기름에 파묻힌 뻣뻣한 냉

육(冷肉). 섬광으로 불러낸 나는 눈썹도 속눈썹도 없

었다.

*毘薩希. 산스크리트어 '피사치'의 한역. 시체를 먹는 중음의 여
신들.

스타바트 마테르

어머니의목을

자른적이

있었다내손으로

잘린채살아있는어머니의

머리를내무릎위에

얹은적이

있었다

목이잘린채살아있는

한낮의어머니

살아있는

두눈을

꿰맨적이있었다이손으로

잘린머리로깨어있는한밤의어머니

살아있는두입술을철사로

꿰맨적이

있었다산채로

동지(冬至)

　묻어둔 지네 단지에 지네 꼬이는 소리, 뼈다귀에 쑤물쑤물 지네 엉기는 소리, 하늘에서 허연 소금이 내리는 소리, 헛바닥 위에 소금 쌓이는 소리, 입천장까지 쌓이는 소리, 빙산의 일각(一角), 일각만 간신히 물 위에 뜬 일각의 코가 녹아내리는 소리, 독 안에 든 문어가 제 사지를 먹어치우는 소리, 독 안에 든 모녀가 서로의 자궁과 심장을 먹어치우는 소리, 눈이 눈을 먹는 소리, 귀가 귀를 먹는 소리, 육즙이 뚝뚝 떨어지는 소리, 아득아득 뼈까지 씹는 소리, 죽은 입과 산 입을 떠억 벌리고, 숨이 숨을 삼키는 소리, 넋이 넋을 삼키는 소리, 서로가 서로의 태아가 되어, 뼈가 뼈를 빠는 소리, 뼈가 뼈를 핥는 소리, 피가 얼어붙는 소리, 소리에 소금이 도는 소리, 소금이 소금을 씹는 소리,

음림(霪霖)*

비 오는 밤, 지렁이는 기어나오지, 온갖 구멍에서 지렁이들은 기어나오지, 느릿느릿 기어나오지, 힘줄도 척추도 없이 기어나오지, 비 오는 밤, 거울 앞에서 빗질을 하면, 어깨 위로 축, 축, 지렁이들은 떨어지지, 떨어져 꿈틀거리지, 비 오는 밤, 비 오는 밤, 사랑을 나누다 우리가 팔뚝만 한 지렁이로 변하는 밤, 서로의 암컷 노릇과 수컷 노릇을 동시에 하는 밤, 우리가 내는 소리로 지룽지룽 끓어오르는 밤, 오오, 비 오는 밤, 비 오는 밤, 유리창마다 물 지렁이 기는 밤, 끊어지지 않는, 물어 끊을 수 없는 밤, 지렁이들은 겨나오지, 털구멍마다 겨나오지, 손도 발도 없이 겨나오지, 눈도 코도 없이 겨나오지, 지렁이를 타 넘지 않고는 한발자국도 떼지 못하지, 지렁이를 밟지 않고는, 비 오는 밤, 비 오는 밤, 지렁이들은 부르지, 축축한 흙 속에서 부르지, 축축한 늑골 속에서 부르지, 기일게 부르지, 기일게 잦아들지, 잦아들며 끓어오르지,

* 어두침침하고 우울하게 내리는 장맛비.

4월의 키리에

1
양가죽을 벗기듯이
벗기소서 우리의 거죽을

우리가 흘린 피 웅덩이 속에 우리를 오래 세워두소서
핏물이 눈알까지 차오르도록

갈고리에 우리 뒷덜미를 걸어두소서
흔들흔들 서서 잠들게 하소서

발끝으로
서서
자게 하소서

2
우리가 흘린 피로 우리의 내장을 채우소서
우리에게 먹이소서

우리에게 우리를
먹이소서

우리가 낙태한 아기들이 우리에게 붉은
태반을 먹이듯이

우리가 도살한 짐승들이 우리에게
피순대를 먹이듯이

먹이소서 우리에게 우리를
한점 한점

끝까지
먹이소서

이명이 비명처럼

소금독 속에서 기다란 먹갈치가 염장된 대가리를 터는 밤이다 염장된 눈구멍에서 돌소금이 버썩거리는 밤이다 이명이 비명처럼 내이(內耳)를 떠나지 않는 밤 *팔꿈치에서 버드나무 생가지가 파랗게 뻗쳐 나오는*[*] 밤 이 밤도 어머니는 목구멍에 쩍 들어붙으신다 산 낙지처럼 이 밤도 나는 우적우적 어머니의 머리를 씹어드린다

[*] 或柳生肘間, 백거이.

프랑켄후커의 초상

*

아름다운 여자였소 금 간 유리처럼
유리 속의 금처럼
아름다웠소

더러, 눈을 베일 것 같았소

*

늘 모래에 반쯤 덮여 있는 것 같았어요 해변의
죽은 개처럼…… 모래가 다 흘러내려서

민낯을 보게 될까 무서웠었죠

*

언제 봐도 듣도 보도 못한 여자 같았지 삼십년이나
한 이불을 덮었는데

아침이면 내 옆에 죽어 있곤 했어요 언 땅에

오래오래 갈아온 얼굴로

얼굴이랄 것이 거의 없는 얼굴로

*

밤 두꺼비 같았소
아스팔트 위의 밤 두꺼비

기다리고 기다리고 기다렸소 창자를 입에 문 채

살아 있는 건 눈밖에 없었소

그래도 그 눈으로
눈씹을 하고

그 눈으로
피를
쏘았소 적(敵)에게

   *

   내가 본 여자 중에 가장 늙은 여자였어요 유황 냄새를 풍
기며 마른 흙덩이처럼 갈라져가고 있었죠
   생/시/씹의 모든 부위들이

   입을 열 적마다 얼굴 한 귀퉁이가
   가루로 부서져 떨어졌어요

   *

   십팔년을 더 앉아 있게 될 겁니다 이 숯불 위에

   맥주 캔을 걸타고 앉은 바비큐
   육계(肉鷄)의
   목 없는

   뒤태로

납이 든 어머니를

납이 든 어머니를 차가운 수은에 녹여 마셔요, 내가 살아 있다는 게, 어머니, 실룩실룩 즐거워요, 밑 빠진 의자에 올라 앉아 밑을 지진다는 게, 폐갱의 갱구(坑口)처럼 시커멓게 벌어지는 밑을, 경첩이 떨어져나가도록 벌어져가는 밑을 지진다는 게, 소스라치게 즐거워요, 어머니, 내가 뱉은 말에 거웃이 자라, 음문이 되고, 되고, 되고, 이빨이 돋고, 어머니, 코를 베어 먹히고, 귀를 베어 먹힌 어머니, 죽고서야 어머니가 된 어머니, 죽은 여자들과 죽을 여자들이 뒤섞여, 누가 누구의 외동딸이며, 살 중의 살이요, 피 중의 피인지, 구별할 수 없는 훈기 속에서, 즐거워요, 어머니, 피가 홍건한 잇몸으로, 상한 노른자처럼 눈이 풀리는 달을, 설죽은 어머니를, 어두운 수은에 녹여 마신다는 게,

2월은

언 발이 녹는

2월은

발가락 사이가 썩은 생강처럼 벌어져가는 2월은

마른 나뭇가지를 휘감고 들썩이는 폐비닐 뭉치는, 누우런

비닐의 심연은

내 죽은 입을 회초리로 후려치는 2월은

죽은 입이 소리 없이

피를

삼키는 2월은

쌍십절 1

흑점(黑店)이었다
쌍십절이었다 뼛골이 빠지는
사랑의 밤이었다 가랑이가 찢어지도록 양다리를
걸친 밤이었다 잘못 도달한 절정에서
잘못 부른 이름이었다 천번의
따귀로도
멈추지 못한 딸꾹질이었다
못 들어서 미치는 말이었다 못해서 미치는
말이었다 피를 토하듯이
웃어젖히는
폭소로 절규하고 폭소로 울부짖는 벙어리였다
벙어리를 두부처럼 가르는
열십자로 가르는
능욕의
칼끝이었다
무시무시한 음담(淫談)이었다
외로워요뼈가녹아내리도록외로워요벽지위에
자지를하나그려놓고첩첩할을수도있을거같아요무작위로

날리는 문자였다 물어뜯긴
손톱이었다 수천번
죽은
죽어보지 않은 죽음이 없는 대역
이었다 밤새도록 시간(屍姦)
당한 무연고의
얼굴이었다

쌍십절 2

내가 벗어 던져야 하는
마지막 실오라기는
어디
있는가

텅 빈 아이스링크 위

벌거벗은
시신(屍身)
한 구여……

이슬 같지도, 번갯불 같지도

내 인생은 꿈 같지도, 환상 같지도 않았다. 물거품 같지도 않았고, 그림자 같지도 않았다. 내 인생은 삼십년 잡탕밥에, 내장 비만, 양잿물을 마시고 열다섯배나 몸을 부풀린 해삼 같았다. 언제 죽었는지 아무도 모르는, 어떻게 죽었는지 저도 모르는, 내장까지 게워 바치고도 모르는 해삼 같았다. 썰어도 썰어도 주둥이밖에 안 나왔다. 썰어도 썰어도 항문밖에 안 나왔다. 내 인생을 관장하는 건 운명이 아니었다. 괄약근이었다. 식도 괄약근과 항문 괄약근이 관장하는 내 인생. 장(腸) 속에 백년 치의 숙변을 적금처럼 쌓고 있는 내 인생. 내 창자하고도 말이 안 통하는 꽉 막힌 내 인생. 아무것도 아무것도 모르는 내 인생. 내장 속에서 태어나 내장 속에서 죽는 촌충 같은 내 인생. 깨진 유리 같은 이빨을 잇몸에 심고 죠스처럼 웃는, 웃어야 뭐라도 팔 수 있는 내 인생. 오밤중에 내 손가락 열개가 섬뜩해지는, 믿을 거라곤 두피 아래 내 해골바가지밖에 없는 내 인생. 맨정신으로는 살 수가 없는, 맨정신으로는 죽을 수도 없는 내 인생. 혀가 꼬이고, 창자가 꼬이고, 다리가 꼬이는 내 인생. 내 인생은 이슬 같지도, 번갯불 같지도 않았다.

비름과 개비름

비름과 개비름
쇠뜨기와 개쇠뜨기
개젓머리와 개젓벌기
별꽃과 개별꽃
개별꽃은 미치광이풀
미친 척 좀 그만해
이 미친년아! 이런
망신과 개망신
쑥갓과 개쑥갓
개물성무와 개불탕
단추와 개씹단추
소경과 개소경
개소경은 물고기
서서 노는 물고기
지느러미가 흡반이고
흡반이 다리다
박하와 개박하
개벚나무와 개버찌

개자추와 개지치
시인과 개시인

초혼

어딘가를 건들리면 쉬익 치솟던 자여
새파란 불길로 훌훌 뛰던 자여
쉭쉭거리던 헐떡이던 허덕이던 자여
피가 거꾸로 돌던 피를 거꾸로 돌리던 자여 나를

먹던 자여 죽이지도 않고 먹던 자여
나를 먹고 나를 누던 자여
물고기를 먹고 물고기를 누듯이
비늘 하나 안 다치던 자여 백년 치의

일기를 몰아 쓰던 자여 백년 치의 섹스를
몰아 하던 자여 나무젓가락처럼 나를
쫙 쪼개던 자여 서너번 빨고
우지끈 등뼈를 꺾어 쓰레기통에 던지던 자여

죽기도 전에 유령 먼저 된 자여 십자가 대신
갈고리에 내걸리던 자여 익명의 사지로
우둘우둘 떨던 자여 제수(祭需)처럼

진설되던 자여 부위별로 음복되던 자여

사력을 다해 죽어 있던 자여
폭로하는 것이 무엇인지도 모르면서 모든 것을
폭로하던 자여 내 넋을 휘파람으로 바르던
휘파람으로 내 염통을 가르던 자여

돌이킬 수 없는 자여 돌이켜지지 않는 자여
내 혓바닥 위에 눈알을 남긴 자여

당신의 얼굴

당신의 얼굴이
치익
켜진다 성냥불처럼

내 눈동자에 박힌 심지가 타들어간다

망막이
지글지글 끓는다

눈에 붙은 이 불이
다 타는
순간까지가 나의 사랑이라고

하나 남은 눈동자에, 마저
불을 붙일 때

치익

켜진다
당신의 얼굴

귀월(歸月)

강물 속으로 걸어들어가시네 어머니
잘린 내 머리를 품에 안고서

屍體도蒸發한다음의고요한月夜* 강물 속으로
걸어들어가시네 어머니

물결 위로 흰 물뱀처럼 미끄러져오는
대가리를 쳐든 채 미끄러져오는 달 길을 따라 어머니

입이 귀밑까지 찢어진 내 얼굴을 안고서
두 눈에 돌이 박힌 내 머리를 안고서

* 이상.

제4부

어지자지

여어기 내가 걸어오시네
여류 시인이

이집트의 여왕이라도 된다는 듯이

시의 제국의 영원한 환관이
종이 고환을 달고

어지자지를 반성할 줄 모르는
어지자지가

어기죽어기죽

가랑이 사이
딱풀로
붙여놓은 종이 고환에

벌겋게 살을

쏠리며

도지다

이빨을
심자
공수병이 도지다 뼈 속의
개가 휘황찬란하게 미친 이빨이
도지다 죽여주지 않을 거면
머리통을
버썩
씹어주지 않을 거면 X은 대체 왜 하는 피를
보지 않을 거면 이빨을 박지
않을 거면 허벅지 깊숙이
이빨보다
더 깊이 박지 않을 거면 X는
대체 왜 쓰는 뼈가
쩡쩡
울리도록 뼈에 금이 가도록 짖어대는
황황한 개소리가
공수가
도지다 널 죽여주지 않으면

난 살인자야 허옇게 거품을 물고

웃고 있는

×가

도지다 물리기 전에는 미칠 권리도

죽을 권리도 없는

치사율

일백 프로가

문장들

아비의 낯가죽을 손톱으로 벗기는 문장, 어미의 뼈를 산채 바르는 문장, 젖이 아닌 것을 물리는 문장, 젖이 아닌 것을 빠는 문장, 갈보 중의 상 갈보, 죽은 몸을 파는 문장, 죽은 몸을 대패로 밀어서 팔아먹는 문장, 부위별로 값이 다른 문장, 구석에서 대가리가 떨어져나가도록 하고 있는 문장, 대가리가 떨어져나간 줄도 모르고 하고 있는 문장, 떨어진 대가리가 개미떼에 떠들려 뿔뿔이 흩어지는 와중에도 하고 있는 문장, 숨이 끊어진 다음에도 알을 까고 있는 문장, 컴컴한 물 밑에서 죽은 자의 항문을 쪽쪽 빨고 있는 문장, 창자까지 게워 바치는 문장, 다 게운 다음에도 더 게우는 문장, 부질없는 삽날을 물고 독을 질질 흘리는 문장, 손에 잡히는 건 뭐든 입으로 가져가는 문장, 손에 잡히는 건 뭐든 성기로 가져가는 문장, 세상의 중심을 혀끝으로 벌려보는 문장, 나를 아홉 구멍으로 범하는 문장, 어떤 죽음도 이미 죽음이 아닌 문장, 내 죽은 얼굴에 오줌을 싸는 문장, 내 죽은 얼굴에 칼질을 하는 문장,

회문(回文)

이 개는 나보다 더 미친 개 / 골몰하고 있다 가랑이 / 집중하고 있다 가랑이 / 핥다가 죽고 싶은 가랑이 / 죽어도 좋은 털과 주름 속에 / 눈이 / 있다 / 핥다가 죽고 싶은 눈이 / *다시!*

이 개는 나보다 숨 막히는 개 / 숨 막히는 개의 숨 막히는 가랑이 / 숨 막히는 털과 주름 속에 / 숨 막히는 눈이 / 있다 / 이 눈은 / 저 개 한번 / 나 한번 / 나눠 핥을 수 없는 / 눈 / *다시!*

이 개는 나보다 위험한 개 / 몰두하고 있다 / 몰입하고 있다 / 눈이 뒤집힌 개의 / 눈이 뒤집힌 몰두 / 위험한 대가리가 / 위험한 음문 속으로 사라지고 / 있다 / 위험하기 짝이 없는 회문 / 속으로 / *다시!*

양순음(兩脣音)

자정의 백지 위를 지렁이가 긴다 자정의 백지 위를

붉은 밑줄이 긴다 문장보다 먼저 당도한 밑줄이 긴다

살아 꿈틀거리는 혼신(渾身)이 긴다 자정의 백지 위를

두께 없는 날(刃)이 긴다 저릿저릿 칼금이 긴다

지렁이가 긴다 윗입술과 아랫입술 사이를 음순과

음순 사이를 자정의 지렁이가 긴다

방중개존물

커피콩을 갈듯이 따르르륵 모친을 갈아젖히고 정 떼러
올 귀신을 기다리며 빌려온 **유식**을 눈에 바른다 처덕처덕
아뢰야식인지 아래야식인지 나는 체질이 아니다 아니구나
본성대로 살자 붙어먹기 좋아하는 개 같은 본성대로 개의
축으로 색의 축으로 더러움의 축으로 촉으로 살자 살지 뭐
언제는 아니었나 개씹에 보리알 *왜 쓰시는지 이런 시를 이*
런 시로 뭘 하고 싶으신지 가족들도 읽으시는지 방중개존
물(房中皆尊物)* 존물 여러분 이것은 계집의 불알이 하는 말
네 이년 죽기만 죽어봐라 헛바닥을 만발이나 잡아 늘여 쟁
기로 갈아주마 저승에서 아버지는 이를 갈고 계시는데 모
친 우리 다시 만나도 이젠 그냥 모르는 척하십시다 못 본
척하자고요 정 떼러 온다는 귀신은 언제 오나 어떻게 오나
황황히 틈새에서 나왔다가 황황히 틈새로 사라지는 배다른
틈새여 빌린 **유식**은 내 유식이 아니다 변견인지 잡견인지
그 개가 아니라니 이 개도 아니라니 나는 배가 다르다 다르
라지 언제는 아니었나 개씹에 보리 밥티

 * 김병연.

단 한줄도 쓰지 않았다

나는 내 음문의
비위에
맞지
않는 건, 단 한줄도
쓰지 않았다 증오
없이는

황홀경에 다름없는 증오 없이는 단
한 문장도 쓰지
않았다 살의
없이는

고무로 된 돼지 가면
고무로 된 돼지 보지, 나는
당신의 뱃속에서 끝까지
삭지
않겠다

당신이
입과 항문을 한꺼번에 열어
당신의 구주 당신의 포주를 한꺼번에
맞이하는 그날
그 순간까지

고무로 된 돼지 보지 나는 삭지
않겠다 당신
안에서

한창 죽다가
나온, 한창 하다가 나온
지금
이
얼굴로

스카이댄서, 영등포

　─피로연뷔폐상에새까맣게붙어선하객들이파리떼같다
우린액젓속의멸치꼴이된거야이젠피아도없어

　─하루에스무번씩발생한다는초미세지루함왜나는공황
장애도안올까개도미치는데

　─모친어쩜그건두발이달린늠름한남근같은걸지도몰라
요귀두에중절모를비껴쓴

　─네가진짜되고싶었던건시인이아냐두개골천공기야

　─인천지하철자살방지스크린도어설치완료그스크린위
에나붙을주옥같은시편들그런시한편못쓰고죽는다나는

　─넌다섯번은죽어야돼지렁이니까심장이다섯개니까

　─이곳의비명은소리가없어비명은추락하는자가지르는
거야투신하는자는비명을안질러

94

─마음魔音마음魔音손목을자르듯이댕강잘라버릴수는없
을까생각을

─나를귀신보듯보지좀마이제그만떨어도돼입술

─잘못살고있지않은사람은아무도없어너나없이목구멍
에칼이박힌채살아

─결정적인순간마다우헤헤헤헤헤관짝속에서튀어나오
는딱따구리어째서죽은사람만이토록생생하게살아있을까

─그유명한변사체가먹다죽은명품육포주문폭주로품절
이다그거혹시육포광고아니었을까

─영등포쇠살모사친목계모임

─개가어때서적어도제살은제입으로핥더라우리말싸움

대신개싸움을하자고인간적으로

　ㅡ당신은팔월에내리는폭설같아폭염속의폭설어쩌서

　ㅡ어쩌서움켜잡게되는걸까*막빠져나가는성기*라도되는
듯이움켜잡게되는걸까시를

　ㅡ주인공은오늘밤죽을수있을것같지가않다바닥이없다
면뱀은대체어디서기어야하나살모사도

　ㅡ살모사가그리울까정말

* 빠스깔 끼냐르.

모자만 보이면

모자만 보이면 나는 모자를 쓴다 모자를 써야 할 아무런
이유가 없을 때에도 나는 쓴다 모자를 모자의 상상도 할 수
없는 추잡한 기능을 수행하기 위해서 내가 있다는 것을 굳
이 믿기 위해서 모자를 쓰기만 하면 나는 쓴다 시를 시를
써야 할 아무런 이유가 없을 때에도 식어빠진 잡탕밥 속의
조갯살들이 폭 밥알을 튀기며 웃을 때에도 굳이 나는 쓴다
시를 구정물 같은 맥주를 마시기 위해서 없는 것처럼 보이
지만 있는 것이 되기 위해서 모자만 보이면 나는 모자를 산
다 없을 수 없는 것이 되기 위해서 모자만 쓰면 나는 쓴다
시의 상상도 할 수 없는 추잡한 기능을 수행하기 위해서

건질 수 없는 자

죽어, 벌어진 그의
입속의
은빛

죽은 입속의 은빛
납의
혀

그는
혀
때문에 건져지지 않는다 끝끝내
그를 끄잡고 물속으로
들어간 것도
혀다

그는 혀
광대
혀로 줄을 타는 어름사니

혀끝으로 물구나무서는 외줄 어름사니

이제는 흐르는 물결이
죽은 그의
줄

흐르는 외줄에 혀끝을 대고
죽은 그가 물구나무
서
있다

검은 물 아래

그라시아스 2014

기어이
보게 해줘서 고마워, 피할 수 없는
피할 길 없는 내 무연고
(無緣故)의
미래를, 똑똑히
봐두라고, 저 인상적인 시신에
저 인상적인 버러지떼를
코앞에서 보게
해줘서
고마워, *먹고만 살았으니*
먹혀야 한다고,[*] *구더기들은*
죽음의 잔치에 참석한 음유시인[**]이라고, 벽 뒤
하수관 속에서 콸콸콸콸 웃어젖히는
이 웃음소리를 밤낮없이
듣게 해줘서
고마워, 집채만 한 문어(文魚)를
끌어안고 살게 해줘서, 헉헉
끌어안긴 채 살게 해

쥐서, 고마워
일곱 생을
축견으로 태어나 축견으로 죽는
축견의 혓바닥으로
이 파렴치한
시를
쓰게 해줘서, 고마워

* 백무산.
** 짐 크레이스.

농(聾)

지렁이 우는 소리가 난다 내 몸에서

구렁이 우는 소리가 난다 내 몸에서

내 눈은 피꼬막처럼 감겨 있는데

내 입은 피꼬막처럼 다물려 있는데

당신은 칼끝으로 내 눈을 후비어 연다

칼끝으로 내 입을 비틀어 연다 당신은

지저귀는 기계

아무도 없다 나는 우리도 없다 당신도 없다 그들도 없다
기다리는 시체조차 이제는 없다 얼룩조차 아주 곱게 잘 갈
린 재조차 없다 해질녘이면 죽음이 피리떼처럼 뒤채던 눈
동자조차 어머니라는 춘화조차 이제는 없다 해골조차 없다
내가 죽는 만큼 태어나던 너조차 황산처럼 내 얼굴을 녹이
던 네 눈길조차 없다 입에 짝 달라붙는 이 입밖에 혀에 짝
달라붙는 이 혀밖에 없다 식은땀밖에 시커멓게 젖어드는 겨
드랑이밖에 없다 송곳처럼 차가운 땀방울밖에 나는 아무도
없다 우리도 없다 당신도 없다 그들도 없다 희귀한 음란물
나조차 없다 심장 언저리에 벌어진 틈밖에 없다 벌어진 틈
을 버팅기는 젓가락밖에 없다 어떻게 죽어도 죽은 만큼 살
아남아 있는 어떻게 죽여도 죽인 만큼 살아남아 있는 미수
(未遂)밖에 없다 미수에 그치는 살처분밖에 없다 아무도 없
다 나는 우리도 없다 당신도 없다 그들도 없다 죽은 개를 찔
러보는 쇠꼬챙이밖에 더 죽을 것도 없는 개를 찔러보는 쇠
꼬챙이 같은 기쁨밖에 없다 쥐썸 같은 쥐썸 같은 이 기쁨밖
에 없다 피도 눈물도 없이 지저귀는 기계 이 기계밖에 없다

푸른 고백

하는 수가 없어 나는
나의 배를 가른다
가른 배를 마리나 앞에 열어 보인다 마리나는 토한다

하는 수가 없어 나는 나의 늑골을 톱질한다
섬벅섬벅 뛰는 심장을
꺼내

마리나의 손에 쥐여준다 마리나는 기절한다

달은 여태 푸르고 마리나는 깨어나지 않고 여태 나는
살아 있다 등 뒤에서 목을
쳐주기로 한

당신은

언제
오는가?

．

문장은 자석처럼 공포를 끌어당기고 공포는
쇳가루처럼 망막에 달라붙는데

나의 순교가
기교로
들통나는 이 밤, 끝끝내

기다린다 마침표는 문장의 끝에서

단두대 아래 놓인
바구니처럼

극북(極北)에 그린 '모래만다라'

김남호

1

　아마도 / 김 선생은 〈해체〉될 것이오. / 힘을 빼면 뺄수록 해체
는 / 빠르고 깊게 진행될 것이고, / 한번도 소리내어보지 못한 건
반들이 / 내는 소리를 듣게 될 거요. / 아무 〈생각〉 하지 말고, / 자
신의 해체를 즐겨요. / 하이너 뮐러의 『햄릿 기계』부터 읽어보
고 / 그 느낌을 메일로 보내주오. / 김 선생의 〈머리〉는 일단 잘
라 / 불단(佛壇) 위에 모셔두었으니 / 이제 마녀의 가마솥 안으
로 한번 / 뛰어들어봐요.

　이것이 십수년 전 김언희 선생님께서 보내주신 첫 메일
이다. 선생님과 나는 자주 메일을 주고받았다. 선생님은 나
에게 시를 가르쳐주신 스승이다. 내가 거주하는 곳과 선
생님이 계신 진주는 차로 한시간 정도의 거리였지만 내 직

장 때문에 자주 만날 수 없는 탓도 있었고, 자주 만난다고 왕도가 있는 것도 아닐 터였다.

아무튼 그렇게 해서 나는 선생님에 의해 '해체'되기 시작했다. 하지만 '해체'는 쉽지 않았다. 해체되려면 힘을 빼야 할 텐데 '힘을 빼야 한다'는 그 강박 때문에 더 힘이 들어갔고, '생각'을 하지 말라고 했지만 '생각하지 말라'는 그 생각까지 얹혀서 생각되었다. 이미 굳어진 내 머리는 『햄릿기계』를 읽어도 '기계'가 되지 못했고, 선생님은 '생각'을 지우기 위해 내 '머리'를 잘랐다고 하셨지만 나는 '히드라'처럼 잘린 자리에 더 많은 머리가 생겨났다. '머리'라는 신체 부위는 내가 '마녀의 가마솥'으로 뛰어들어 해체되는 걸 막는 가장 큰 장애였다. 해체가 제대로 진행되지 못한 탓에 재구성된 나는 선생님께서 애초 의도했을 내가 아니었고, 나는 나대로 선생님은 선생님대로 힘들었다. 굳이 이렇게까지 해야 시가 되는 거냐고 투덜대는 나에게 선생님께서 보내신 메일은 이랬다.

시는 보행이 아니라, 춤이오. / 이를테면 나는 / 김 선생의 춤 선생, / 블루스를 배울 때와 똑같이, 이유를 묻지 말고 / 그냥 몸을 맡겨요, 춤 선생한테. / 좋은 시는 / '춤'이라는 걸 절대 잊지 마오. / 춤이 안되거든, 절름거리기라도 해야 한다는 걸.

'춤이 안되거든 절름거리기라도 해야 한다'는 선생님의 가르침은 매서웠다. 그만큼 내 시는 뻣뻣했고, 반듯했고, 그래서 숨 막혔다. 선생님의 메일은 선생님의 시처럼 행이 짧으면서 단호했고, 매몰찼고, 때로는 우스웠다. 이왕 소개한 김에 선생님의 메일을 좀더 보자. 사적으로 보낸 메일을 공개한다는 게 선생님께는 죄송스럽지만.

내가 하는 생각, 내가 하는 말은 / 백 프로 상투적인 것들이오. / 쓰나 마나, 읽으나 마나 한 것들이기 마련이오. / 우리 모두 그렇소. / 나 이상이 쓰거나 / 나 이하가 쓰도록 해야 하오. / 예술의 불구대천 원수는 바로 '나'요. / 그 '나' / 틈만 있으면 독사 대가리를 치켜들고 나오는 나, 나, 나, 나를 쳐 죽여야 하오. / 대가들의 작품은 사다리요. / 척살 맞을 나를 피해 / 나 이상이거나 / 나 이하로 데려가주는.

나는 시를 애드리브라 믿소. / 대본에도 각본에도 없는 / 검열도 준비도 안된 무의식의 발현, 툭 튀어나오는 것, / 그래서 이물스러운 것, 느닷없는 돌기, 그것이 / 시라 보오. 그래서 나는 시를 읽을 때 / 애드리브만 읽소. / 의미고 나발이고 오직 그게 시니까.

혁대를 풀어버리소. / 흘러내리는 바지를 엉거주춤 걸치고 /

당연히 궁둥이는 뒤로 쭉 빼고/똥 누고 일어서는/그 순간이/
시요.

'나'의 말들은 죽이고 애드리브로 쓰라는, 오래된 절간
의 낡은 해우소처럼 양쪽 발밑의 삐걱대는 불안을 딛고 똥
누고 막 일어서는 그 자세로 써야 한다는 선생님의 메일은
오랜 시간이 지난 지금 다시 읽어도 아프다. 자상한 마음이
단호한 어조를 만나서 회초리처럼 종아리를 후려친다. 하
지만 이래도 저래도 제자의 시가 진척이 없자 초현실주의
그림을 보여주기도 하고, 합천 화양리의 용틀임하는 소나
무 밑으로 데려가기도 하고, 와온의 바닷가로 데려가서 장
엄한 낙조 앞에 세우기도 하고, 심지어 시의 씨가 될 만한
영화의 비디오테이프나 씨디를 구해주기도 하셨다.

「파리, 텍사스」는/라이 쿠더의 기타가 기가 막히지 않습디
까?/나는 그 영화를 자주 못 보오./가슴이 미어져서.

그럼에도 좀체 '나'는 죽지 않았고, 내 혁대는 버클을 용
접이라도 한 듯이 풀어지지 않았다. 그런데도 선생님을 찾
아가서 시를 공부하는 날은 마치 데이트하러 애인을 찾
아가는 사람처럼 설렜다. 내가 사는 시골의 작은 꽃집에 들러
그 집에서 가장 싱싱하고 예쁜 꽃으로 만든 꽃다발을 들고

선생님 댁의 초인종을 눌렀다. 그러던 어느 날 선생님한테서 이런 메일이 왔다.

올 때 제발 부탁이니/꽃은 들고 오지 마오./나는 정말로 그 죽음신들을 못 견뎌 그러오./죽은 것들이 뿜어내는 요요한 음기를/그 죽음의 기운을/내가 못 견뎌 그러오.

2

선생님은 자상하셨지만 선생님의 시는 난감했다. 아무런 망설임도 일말의 주저함도 없이 극단으로 달려가버리는 선생님의 시는 읽을 때마다 어떤 벼랑 끝에 매달린 느낌이 들었다. 거기에는 기존의 윤리나 도덕이 관장하는, 최소한의 상식이 존재하는 그런 곳이 아니었다. 우리 시에서 지금껏 만난 적이 없는 온갖 비속어와 난교와 패륜과 살육과 신성모독으로 넘쳐났다. 이런 선생님의 시를 불편하게 여긴 정도가 아니라 불쾌하게 여긴 사람들은 급기야 선생님을 불온하게 바라보기 시작했다. 첫 시집 『트렁크』가 나오고 나서 겪으신 고초와 암울했던 시간을 나는 짐작조차 하기 어렵다.

선생님의 시를 가운데 두고 격하게 벌어진 찬반 논쟁은

독자들의 호기심과 세인들의 관음증을 충족시키며 흥미로운 가십거리는 되었을지 몰라도 정작 선생님과 선생님의 시는 만신창이가 되고 말았다. 그로부터 어느정도 시간이 지났을 무렵, 한 문예지의 청탁으로 선생님과 대담할 기회가 있었다. 나는 그 자리에서 당시의 심정부터 여쭈었고, 선생님은 한동안 생각에 잠기더니 짧게 대답하셨다.

　"선택의 여지나 대체의 여지가 없는 것에 대해서라면 비난이건 찬사건 무슨 의미가 있을는지……"(『시와세계』 2005년 겨울호)

　선생님에게는 그렇게 쓰는 길 말고는 다른 고려나 선택의 여지가 없는데 아무리 왈가왈부한들 그게 무슨 의미가 있겠냐는 말이다. 내 질문은 한마디로 우문(愚問)이었다. 선생님에게 언어의 선택은 곧 세계의 선택이었고, 선생님의 시는 곧 선생님이 세계를 이해하는 방식이자 그 이해의 결과였던 것이다. 그만큼 선생님의 시는 선생님의 세계 자체였고, 그 세계는 고통스러운 시간들로 인해 더욱 견고하게 담금질이 되었다. 하지만 겉으로는 한없이 부드러웠다. 자그마한 체구 어디에 그런 강단이 숨겨져 있을까 믿어지지 않을 만큼 단아하고 조용하고 조곤조곤하셨다.

"이 단아한 시인의 진주 사투리는 섬세하고도 강인하다. 강철 꽃잎이 아닌가. 구어체만으로도 그녀는 살아 움직인다. 질겅질겅 씹어야 소화되는 시적 언어들을 숨기는 조곤조곤한 그녀의 입말은 쉬이 짐작할 수 있는 부분이 아니다."(송재학,『발견』2015년 봄호)

선생님의 이런 모습 때문이기도 하겠지만 많은 동료 시인들이 선생님을 좋아한다. '내유외강(內柔外剛)'이 아니라 '내강외유(內剛外柔)'의 선생님에게서 어떤 에너지를 충전받는 것 같았다. 재미있는 것은, 끔찍해하고 난감해하면서도 선생님의 시를 좋아하는 열혈 독자들이 의외로 많다는 것이다. 선생님의 시집은 발간되는 족족 꾸준히 쇄를 거듭하며 팔려서 선생님 자신도 의아하게 여기실 정도였다. 아마도 선생님의 시집에서만 느낄 수 있는 어떤 중독성이 '김언희 마니아'를 만들지 않았을까 싶다.

이런 중독성의 배후에는 어떤 각도에서 읽어도 넉넉한 해석의 지평을 제공하는 기이하고 독특한 텍스트가 있다. 선생님 시의 기이함이나 독특함은 직설적이고, 명쾌하며, 집요한 선생님의 어법에서 기인한 바가 크다. 그래서 엄살이나 내숭이 들어설 여지가 없다. 오죽했으면 선생님의 시를 두고 "이전의 여성시 대부분을 내숭으로 만들었고 이후의 여성시 상당수를 아류로 만들어버렸다"(신형철,『몰락의

에티카』)고 했을까. 그리고 그 이면에는 풍자와 해학이, 유
머와 위트가 '숨은 그림'처럼 곳곳에 감춰져 있어서 독시
(讀詩)의 즐거움을 아는 독자라면 빠져들 수밖에 없다. '숨
은 그림'은 이런 식이다.

> 내 개는 나를
> 제 개라고
> 소개한다 길에서 만난 개에게
> ──「피치카토」(『말라죽은 앵두나무 아래 잠자는 저 여자』) 부분

> 금일
> 나는 메일로 신탁을
> 받았지; 아무것도 기다리지 마, 병신아
> 아무것도 안
> 기다리는데
> 병신!
>
> ──「컴배트」(『뜻밖의 대답』) 부분

> *똥구멍에 대고 애국가를 불러준 건*
>
> 사 절까지 불러준 건
> 당신이

처음이었어요

　　　──「여름 고드름」(『요즘 우울하십니까?』) 부분

3

　선생님의 시는 거침없는 표현과 사유, 진보적인 미학과 태도 등으로 인해 진작부터 '전위'로 분류되었다. 그리고 그런 문단의 평가에 대해 일정 부분 합의를 이룬 것처럼 보인다. 내가 보기에도 선생님은 세계에 대한 끊임없는 의심과 철저한 자기부정, 언어에 대한 회의와 그것을 넘어서고자 하는 욕망 등으로 미루어볼 때 충분히 '전위적인 시인'이시다. 하지만 과연 선생님께서는 이런 세간의 평가에 대해 수긍하실까. 아마도 부정하실 것이다. 어쩌면 전위든 후위든 그런 것에는 아예 관심조차 없으실지도 모른다. 내가 아는 선생님은 그저 혈혈단신, 적수공권으로 이 세계와 맞서는 '치열한 단독자'로 남고자 하실 것이기 때문이다.

　첫 시집 『트렁크』가 나왔을 때 주위에서는, 도대체 두번째 시집을 어떻게 내려고 첫 시집부터 그렇게 극단까지 가버렸느냐고 우려했다. 그러나 선생님은 지금까지 거의 오년 간격으로 꼬박꼬박 시집을 내셨고, 매번 그 시집이 그때까지의 극단이었다. 이번이 다섯번째 시집이고 다섯번째 극단이다. 선생님의 시가 '전위'라면, 그건 시를 넘어 삶과의 전면전을 치른 '사투'의 다른 이름일 것이다. 그래서 선생님의 시에서는 직유든 은유든 모든 비유는 사라지고, 원관념이든 보조관념이든 관념 자체가 들어설 여지가 없었다. 그 결과 오로지 행위와 정황과 묘사만 남았다. 그러니 한방울 눈물조차 떨어질 여지도, 눈곱만 한 들꽃조차 피워낼 습기도 없었다.

언제부턴가 나는 하드보일드한 선생님의 시에 서정성이 곁들여진다면 어떨까 생각했다. 여기서 '서정성'이란 개념의 범위를 좁혀 멜로적인 요소나 신파적인 통속성을 말한다. 선생님의 시가 습기를 머금는다면 시의 표정이 어떻게 바뀔까 궁금했기 때문이다. 그런데 이번 시집에서는 희미하면서도 선명한 어떤 서정성을 느낄 수 있었다. 알다시피 선생님의 시를 읽으면서 '울컥'하는 느낌을 갖기란 기이한 경험에 속할 테니까. 그런 탓에 이번 시집은 묘한 친근감을 준다. 다음과 같은 구절들이 그렇다.

그래도, 오빠, 내 맘은, 내 마음은 아직 붉어, 변기를 두른 선홍색 시트처럼, 그리고 오빠, 난 시인이 됐어, 혀 달린 비데랄까, 모두들 오줌을 지려, 하느님도 지리실걸, 낭심을 꽉 움켜잡힌 사내처럼, 언제 한번 들러, 오빠, 공짜로 넣어줄게　　　　　　　　　　　―「보고 싶은 오빠」부분

여자의 완성이 얼굴인 나라에서 왔어요 여자의 피부가
신분인 곳에서요 (…) 빗방울에도 살이 패이는 눈사람의
목소리로 귀여운 물방울의 목소리로 시를 쓰다 왔어요
르 흘레 드 랑트르꼬뜨 흘레 앞에도 '르'가 붙는 이 유명한
맛집까지요

―「르 흘레 드 랑트르꼬트」 부분

이모들은 다 어디로
갔을까

(…)

언니 보지 코 고는 소리에 밤새 잠을
설쳤어! 니 보지 가래 끓는 소린
어떻고! 아침부터
왁자하던
큰꽃으아리들은

―「이모들은 다」 부분

4

이번 시집을 읽으면서 나는 선생님 문학의 어떤 '절정'을 봐버린 느낌이었다. 더이상 어떻게 해볼 도리가 없는 하나의 궁극, 내려올 일밖에 없는 '정상' 말이다. 이 표현이 선생님의 시를 한계 짓는 듯한 오해를 초래할 수 있다면, '집약'이라고 고쳐서 말해도 좋다. 그동안 선생님께서 천착하셨던 모든 작업들의 '집약' 말이다. 그만큼 이 시집을 구성하는 1, 2, 3, 4부는 각각 한권의 시집이라고 봐도 좋을 만큼 독립성과 완결성을 담보하고 있다.

선생님의 다른 시집들도 그렇지만, 특히 이번 시집은 쉽고 편안하게 읽어 넘길 수 있는 시가 단언컨대 한편도 없다. 편편이 고문대이거나 지옥도이고, 헤어나오기 힘든 의미의 늪이거나 사유의 미궁이다. 이 '지옥'과 '미궁'의 끝에는 두개의 극점이 있다. 하나는 「극북(極北)」이고 다른 하나는 「중천(中天)」이다. 「극북」의 세계는 더이상 뻗어갈 수 없는 상상력과 언어의 극점이고, 모든 것의 끝, 끝의 끝이다. 그래서 단 한줄의 산문적 해석도 허락하지 않는다. 치를 떨게 하는 묘사만 있을 뿐이다. 그리고 그 반대쪽에 '극남(極南)'이라 할 수 있는 「중천」의 세계가 있다. 여기서는 "목구멍에서 똥구멍까지" 환하게 녹아 흐르는 "금 즙"과 "금즙(金汁)"이 있다. 하지만 해석이 닿을 수 없는 미궁이기는 마

찬가지다. 이 두 극점 사이에 선생님만의 '만다라'가 펼쳐져 있다.

그리고 이번 시집에는 눈에 띄게 '죽음' 시편들이 많다. 그럴 만한 이유가 있다. 선생님께서는 네번째 시집과 이번 시집 사이에 모친을 여의셨다. 평생을 모시고 살던 모친의 죽음을 겪어내면서, 십여년 동안 모친의 길고 아득한 죽음을 홀로 바라지하면서, 마침내 그 죽음을 홀로 감당하면서 얼마나 이를 악물었겠는가. 그래서 이번 시집의 3부는 죽음에 바쳐진 시편들로 미만(彌滿)하다. 거기에는 '어머니'의 죽음과 선생님의 죽음이 겹쳐져 있다.

또 하나 이번 시집에서 주목할 만한 특징은 예전의 시집에서는 느끼기 힘든 그늘이 보인다는 점이다. 그 그늘은 어떤 미련도 욕망도 지워버리고 표표히 산문(山門)을 나서는 선승의 뒷모습 같은, 피로하면서도 서늘한 실루엣으로 감지된다. 이를테면 다음과 같은 시가 그러하다.

하는 수가 없어 나는
나의 배를 가른다
가른 배를 마리나 앞에 열어 보인다 마리나는 토한다

하는 수가 없어 나는 나의 늑골을 톱질한다
섬벅섬벅 뛰는 심장을

꺼내

마리나의 손에 쥐여준다 마리나는 기절한다

달은 여태 푸르고 마리나는 깨어나지 않고 여태 나는
살아 있다 등 뒤에서 목을
쳐주기로 한

당신은

언제
오는가?

—「푸른 고백」 전문

왜 나는 이 시에서 '마리나'를 '제자'나 '독자'로 읽는가.
그리고 왜 그렇게 읽히는가. 시인은 어떤 진실을 알리기 위
해 독자들에게 자신의 배를 갈라서 보여주었는데 심약한
독자들은 가른 배만 보고 토하고 말았으니, 스승은 제자에
게 무언가를 전하고 싶어서 늑골을 톱질하고 심장을 꺼내
쥐여주었는데 제자는 기절해서 깨어나지를 않으니 이젠 뭘
어떻게 한단 말인가. 달은 아직도 푸른데, 마침표를 찍어줄
'당신'은 오지 않는데.

이렇듯 선생님의 '푸른 고백'에서는 체념의 안타까움과 달관의 서늘함이 동시에 느껴진다. 하긴 왜 안 그렇겠는가. "문장은 자석처럼 공포를 끌어당기고 공포는 / 쇳가루처럼 망막에 달라붙는데" 끝끝내 "마침표는 문장의 끝에서 // 단두대 아래 놓인 / 바구니처럼"(「.」) 기다리고 있는데.

선생님은 여행을 좋아하신다. 틈만 나면 여행을 떠나신다. 그런데 선생님의 여행은 관광이나 휴양과는 거리가 멀다. 험지나 오지를 찾아가서 자신의 육체를 학대하는 것으로 정신을 버리는 고행(苦行)에 가깝다. 그래서 돌아올 때는 빈사상태가 되어 있기 일쑤다. 언제였는지 모르겠다. 제자들과 시를 공부하던 자리였을 것이다. 선생님은 혼잣말인 듯 중얼거리셨다.

"나에게 시 쓰기는 모래만다라 같은 거예요. 다 그리고 나면 빗자루로 깨끗이 쓸어버리는 거. 내가 재가 되어 흩어질 때 내 문장들 역시 재가 되어 흩어졌으면 좋겠어요. 중들은 새벽에 절 마당을 비질할 때 발자국을 남기지 않으려고 뒷걸음치며 비질을 하잖아요. 나도 그렇게 내 존재를 흔적 없이 비질해놓고 가고 싶어요."

시집의 원고를 정리해서 서둘러 출판사에 넘겨주고 지금

쯤 여행 배낭을 꾸리고 계실지도 모르겠다. 생니가 뽑히는 고통 속에서 그려놓은 '모래만다라'를 깨끗이 쓸어버리고 지워버리기 위해 오지로 떠나실 것이다. 그리고 독자들은 그 '모래바람' 속에서 기꺼이 길을 잃을 것이다.

선생님은 이렇게 다섯번째 시집을 내시고, 나는 다섯번째 절망한다. 솔직히 이 시집의 발문은 무슨 핑계를 대서라도 피하고 싶었다. 선생님의 보폭을 바라보는 것만으로도 현기증이 나고 숨이 찬데 무슨 낯으로 제자랍시고 발문을 쓴단 말인가. 하지만 선생님의 회초리는 늘 이런 식이다. 도망치려 할수록 더 세게 맞는다. 아니나 다를까, 이 글을 맺을 즈음에 선생님의 메일이 당도했다.

김 선생! / 지금까지는 / 몸 풀기였소. 이제부터 / 시 좀 / 써봐야 하지 않겠소?

金南鎬 | 시인

그들이 가는 길은 잠자는 발자취 하나 없는
구더기 하나 없이 푸른, 소리 나는 푸름의 길

— 로르까

그 길 위에 나는, 한마리 구더기로 있다.
살아 꿈틀거리며

2016년 3월
김언희

창비시선 396

보고 싶은 오빠

초판 1쇄 발행/2016년 4월 11일
초판 5쇄 발행/2024년 6월 3일

지은이/김언희
펴낸이/염종선
책임편집/박준
조판/박아경
펴낸곳/(주)창비
등록/1986년 8월 5일 제85호
주소/10881 경기도 파주시 회동길 184
전화/031-955-3333
팩시밀리/영업 031-955-3399 편집 031-955-3400
홈페이지/www.changbi.com
전자우편/lit@changbi.com

ⓒ 김언희 2016
ISBN 978-89-364-2396-4 03810